ODES

PROVINCIALES

AU ROI

ET

A LA REINE.

PAR M. C***.

A PARIS,

Chez VALADE, Libraire, rue Saint-Jacques,
vis-à-vis les Mathurins.

1774.

ODES
PROVINCIALES.

AU ROI.

O Toi, dont la brillante aurore,
Annonce l'éclat d'un beau jour,
Tendre fleur, qu'en son sein la France fait éclore,
Jeune Roi, que la France adore,
Je viens au milieu de ta Cour,
Unir ma foible voix aux échos d'alentour,
Et plein du feu qui me dévore,
Te voir, & chanter à mon tour.

Déja, les Muses de la Seine,
Dans leurs pittoresques Chansons,
Ont fredonné, sur tous les tons,
Les efforts redoublés de leur brûlante veine :
Attiré, par leurs chants, des parages Gascons,
J'arrive ; & quoique hors d'haleine,
Je suis le penchant qui m'entraîne,
Et je forme de nouveaux sons.

A

PAROIS, Prince, parois, & monte fur ton Trône,
Ce Trône, qui des Dieux, va fixer les regards :
      A fes pieds, la foudre de Mars
      Repofe auprès de ta Couronne,
      Et les écueils de toutes parts,
      S'offrent autour de ta Perfonne ;
Mais, du fage LOUIS, l'ombre qui t'environne,
Elève autour de toi d'invifibles remparts.

      Du haut des voûtes éternelles,
      Ce Pere tendre & vertueux,
      Va montrer fans ceffe à tes yeux,
Des plus grands Rois, les plus parfaits modèles ;
Et de ce feu dont il brûla comme eux,
      En lançant quelques étincelles ;
Il te préfervera des atteintes cruelles,
Que caufe, des flatteurs, le poifon dangereux.

      EN VAIN, leur fauffe politique,
Du nœud le plus facré voudra rompre la foi ;
Tu verras tes Sujets avec les yeux d'un Roi,
Mais, d'un Roi peu jàloux d'un pouvoir tyrannique,
      Dont l'aveugle fureur attire tout à foi ;
      Et fous un Regne Monarchique,
      De la félicité publique,
Tu feras ton étude & ta fuprême Loi.

      Tu peux jouir, mon Roi, de ce double avantage,
De faire ton bonheur, en faifant des heureux :
      Diffipe ces jours ténébreux
      Sans ceffe agités par l'orage ;
      Des Français exauce les vœux :
Tu commences fi bien : acheve ton ouvrage,
Et l'immortalité deviendra ton partage,
      Comme celui des demi-Dieux.

Qu'une aimable philosophie
Eclaire & charme tous les cœurs :
Que sous d'agréables couleurs,
Par la plus forte sympathie,
La nature à son gré change & forme les mœurs :
Alors, l'humanité trop long-tems assoupie,
Sortira de sa léthargie,
Et l'homme, sous ses pas, verra naître des fleurs.

Prince, le vrai bonheur, n'est point une chimere ;
Il vole autour de nous, il est entre nos mains :
Le seul aveuglement des timides humains,
Est la source des maux qui causent leur misere ;
Mais, Prince, c'est aux Souverains,
De franchir les premiers la fatale barriere,
De porter par tout la lumiere,
Et d'applanir tous les chemins.

Déja, ton ame bienfaisante
S'empresse d'adoucir nos maux :
Deja, tes utiles travaux,
Présagent l'avenir de ta grandeur naissante :
Nos jours semblent renaître & plus purs & plus beaux :
Par toi, l'injustice expirante,
Laisse la vertu triomphante,
Et la discorde fuit dans la nuit des tombeaux.

Tel qu'on voit le Soleil, dans sa course rapide,
Communiquer par tout, sa clarté, sa chaleur,
Combler d'espoir le triste Laboureur,
Et rassurer le Nautonier timide :
Roi, tel nous te verrons, sous ton regne enchanteur :
J'en crois la vertu qui te guide :
Tu fertiliseras le champ le plus aride,
Et du sein de la terre éclorra le bonheur.

A ton aspect, la cruelle indigence,
S'enfuira loin de nos climats,
Et tes Sujets, dans tes Etats,
Du fruit de leurs travaux auront la jouissance;
Et si jamais le démon des combats
Vient troubler la paix de la France,
O Prince, aux champs de Mars, vole avec confiance;
Tous tes Sujets seront Soldats.

ELLE vit en nos cœurs, cette vertu premiere,
Que nos Peres nous ont transmis :
Nos Rois, par ces Héros, sur le Trône affermis,
De l'Empire, avec eux, ont posé la barriere :
Quels seront les fiers ennemis,
Qui, défiant notre audace guerriere,
Oseront ouvrir la carriere ?
Ils feront à tes pieds renversés ou soumis.

MAIS, lorsque de la guerre étouffant les alarmes,
A l'exemple de tes aïeux,
Ramenant la paix en ces lieux,
Des femmes, des enfans, tu tariras les larmes,
Sois encor plus grand, plus fameux :
La paix, pour les bons Rois, a des douceurs, des charmes,
Que n'offre point le tumulte des armes :
Travaille à rendre un Peuple heureux.

VOIS, alors, sous tes pas le chemin de la gloire,
Où tant de Héros ont couru
Dans le sentier de la vertu :
Vois, quel riche tableau te présente l'Histoire ;
Vois le Dieu des Français, ce Roi qu'ils ont perdu,
Ce Roi si cher à leur mémoire :
Enchaîne, comme lui, les cœurs & la victoire :
Que ce Prince adoré, par toi leur soit rendu.

TEL eſt le vœu de ton Peuple idolâtre,
 Qui dans ſes amoureux tranſports,
 Croit voir revivre ſur ces bords,
Le grand, le généreux, l'invincible Henri quatre:
Non, tel qu'il y parut, ſur ces monceaux de morts,
Que ſon cœur paternel refuſoit de combattre;
Mais tel que le reçut le Peuple opiniâtre,
Qui goûta les doux fruits de ſes heureux efforts.

RAPPELLE ces inſtans ſi chers à ta tendreſſe,
 Lorſque pour la premiere fois
Tu parus à nos yeux ceint du bandeau des Rois:
 Rappelle ces cris d'allégreſſe,
Que les échos au loin répétoient dans les bois:
 Les vieillards, malgré leur foibleſſe,
Conduiſoient devant toi la bouillante jeuneſſe,
Pour mêler ſes accens à leurs tremblantes voix.

ARBITRE ſouverain, Maître des deſtinées,
 Qui regles le ſort des Mortels,
 Suſpends tes décrets éternels,
Du petit-fils d'Henri, prolonge les années;
Avant de le placer au rang des Immortels,
 Attends que nos mains fortunées,
 De bandes, de feſtons ornées
Elèvent à ſa gloire un Temple & des Autels.

A LA REINE.

Est-ce le Dieu de l'Harmonie,
Qui vient se mêler à mes chants?
Est-ce la douce Polymnie,
Qui rend mes accords plus touchants!
Muse, quel feu sacré t'inspire?
Je sens les cordes de ma lyre,
Malgré moi rendre un nouveau son:
O toi, qui portes dans mon ame,
Cette étrangere & vive flâme,
Daigne aussi me donner le ton.

Viens à ton tour, auguste Reine,
Parois à côté de Louis:
Que ta Majesté souveraine
Ajoute à l'éclat de nos lys:
Sur le Trône enchaîne les Grâces,
Que les ris volent sur tes traces,
Que les jeux marchent sous tes Loix:
Par ta douceur enchanteresse,
Bannis cette funeste ivresse,
Qui regne dans la Cour des Rois.

Que la justice & la clémence,
Sous l'empire de la beauté,
Soutiennent la foible innocence
Contre l'injuste cruauté.

Du méchant confonds la malice,
Daigne tendre une main propice
A la respectable vertu :
De l'orphelin prends la défense,
Protége le pauvre en souffrance,
Sous le joug du riche abattu.

DE la France sois le génie ;
De la France sois le soutien :
L'Epoux à qui le Ciel te lie,
Ne connoît, ne veut que le bien :
Toi, qui fais l'ornement du Trône,
Eclaire ce qui l'environne
Du flambeau de la vérité :
Reine, sois toujours populaire,
Des François sois toujours la mere,
Tu seras leur Divinité.

MUSE trop hardie & trop fiere,
Abandonnons ce beau séjour,
Rentrons dans mon humble chaumiere,
C'est assez habiter la Cour :
Allons au fond de nos Provinces,
Célébrer le meilleur des Princes
Et lui conquérir tous les cœurs :
Allons jouir sous son empire,
Des jours séreins qu'il fera luire,
Sur nos vergers & sur nos fleurs.

F I N.

Lû & approuvé, à Paris, ce 6 Juillet 1774.

MARIN.

Vû l'Approbation, permis d'imprimer ce 10 *Juillet* 1774.

DE SARTINE.

De l'Imprimerie de J. G. CLOUSIER, rue Saint-Jacques.

www.ingramcontent.com/pod-product-compliance
Lightning Source LLC
Chambersburg PA
CBHW061730180626
46818CB00006B/2548